VENTE DU SAMEDI 12 MAI 1888

HÔTEL DROUOT, SALLE N° 1

OBJETS D'ART

DE LA RENAISSANCE

FAIENCES ITALIENNES

BRONZES DE BARYE

Meuble sculpté — Étoffes — Guipures

TAPISSERIES DU XVIe SIÈCLE

EXPOSITION PUBLIQUE

LE VENDREDI 11 MAI 1888

Me PAUL CHEVALLIER
COMMISSAIRE-PRISEUR
10, rue de la Grange-Batelière, 10

M. CHARLES MANNHEIM
EXPERT
7, rue Saint-Georges, 7

HOMO ADDITVS NATVRÆ
IMPRIMERIE DE L'ART

CATALOGUE

DES

OBJETS D'ART

EN MAJEURE PARTIE

DE LA RENAISSANCE

FAIENCES ITALIENNES

DES FABRIQUES DE

Gubbio, Pesaro, Deruta, Urbino, Faenza, Castelli

Beaux Plats et Vases à reflets métalliques

Armes, Fers, Bronzes

Cuivres, Émaux, Cristaux de roche, Bois sculptés

Objets orientaux, Bel Album japonais

Instruments de musique

BRONZES DE BARYE

Beau Meuble sculpté à deux corps

Étoffes — Soieries — Broderies — Applications

Cuirs vénitiens — Anciennes Guipures

Tapisseries Renaissance — Tapis

DONT LA VENTE AURA LIEU

HOTEL DROUOT, SALLE N° 1

Le Samedi 12 Mai 1888

A DEUX HEURES

Mᵉ PAUL CHEVALLIER	M. CHARLES MANNHEIM
COMMISSAIRE-PRISEUR	EXPERT
10, rue de la Grange-Batelière, 10	7, rue Saint-Georges, 7

EXPOSITION PUBLIQUE

Le Vendredi 11 Mai 1888, de une heure à cinq heures

CONDITIONS DE LA VENTE

Elle sera faite *expressément* au comptant.

Les acquéreurs payeront en sus des enchères *cinq pour cent*, applicables aux frais de la vente.

L'exposition mettant le public à même de se rendre compte de l'état et de la nature des objets, il ne sera admis aucune réclamation une fois l'adjudication prononcée.

Paris. — Imp. de l'Art. E. MÉNARD et Cie, 41, rue de la Victoire.

DÉSIGNATION DES OBJETS

FAIENCES ITALIENNES

1 — Fabrique de Gubbio. Coupe à pied, à ornements godronnés, décor à reflets métalliques jaune d'or et rubis, relevé de bleu, offrant au fond un brûle-parfums surmonté d'un cœur percé de flèches et, au pourtour, une zone de feuilles rayonnantes et de rinceaux. XVIe siècle.

Diam., 26 cent.

2 — Fabrique de Gubbio. Coupe à pied et à ornements en relief, décor à reflets métalliques jaune d'or, bleu nacré et rouge feu, relevés de bleu. Au fond, la Vierge et l'Enfant Jésus dans un médaillon circulaire entouré d'une auréole de rayons radiés. XVIe siècle.

Diam., 26 cent.

3 — Fabrique de Pesaro. Plat décoré en bleu et jaune chamois à reflets métalliques jaune d'or et bleu nacré. Au centre, un ombilic représente une femme en buste de profil, respirant une branche de fleurs. Autour, des compartiments radiés, à imbrications et rinceaux. Au marli, une bande contenant une sorte de ruban en zigzag. xvie siècle.

Diam., 33 cent.

4 — Même fabrique. Vase en forme de balustre surbaissé et à deux anses, à décor de rinceaux, godrons et feuilles en bleu et jaune à reflets métalliques jaune d'or et bleu nacré.

Haut., 25 cent.

5 — Fabrique de Pesaro. Vase balustre à deux anses à décor d'imbrications et de rayons en jaune à reflets métalliques, or et bleu nacré, relevé de bleu.

Haut., 21 cent.

6 — Fabrique de Deruta. Vase sur piédouche, à corps semi-ovoïde et à col à gorge, muni de deux anses; décor en bleu et jaune chamois à reflets métalliques jaune d'or et bleu nacré, sur fond émaillé

blanc ; il offre deux médaillons-bustes entourés de feuilles et de fleurons.

Haut., 28 cent.

7 — Même fabrique. Grand vase sphérique à gorge, sur pied émaillé blanc et couvert de fleurs arabesques en bleu et jaune d'ocre à reflets métalliques jaune d'or et bleu nacré.

Haut., 35 cent.

8 — Fabrique de Deruta. Deux vases en forme de pommes de pin sur piédouche, à nervures en relief et à couverte d'émail jaune chamois, à reflets métalliques jaune d'or et bleu nacré xvie siècle.

Haut., 20 cent.

9 — Fabrique d'Urbino. Plat à décor polychrome, représentant l'Enlèvement d'Europe, dans un paysage montagneux et boisé, composition comprenant six figures et quatre taureaux. xvie siècle.

Diam., 32 cent.

10 — Fabrique d'Urbino. Plat gaufré à godrons en spirale et bord festonné ; décor polychrome offran au fond un médaillon rond : Apollon et Marsyas (?)

dans une couronne de feuillage, et tout autour des compartiments rayonnants et alternés, figure d'homme sur fond bleu et cerf sur fond jaune, bordés de feuillages. XVIe siècle.

Diam., 26 cent.

11 — Fabrique d'Urbino. Plat à cavité centrale et à décor polychrome, représentant quatre nymphes dans la campagne, environnant l'Amour qui cueille des fleurs à genoux au pied d'un arbre auquel est appendu un écu chargé de trois croissants. XVIe siècle.

Diam., 26 cent.

12 — Même fabrique. Plat portant la même armoirie que le précédent et décoré, en émaux de couleur, d'une composition mythologique : à droite, un guerrier protégé de l'égide et armé d'une épée ; à gauche, l'Amour portant sur les épaules une sphère et tenant une grappe de raisin, debout sur des degrés à l'entrée d'un temple. En premier plan, une nymphe couchée.

Diam., 30 cent.

13 — Fabrique d'Urbino. Petite coupe d'accouchée à décor polychrome : trois femmes donnent leurs soins

au nouveau-né devant la cheminée. Au revers, trois épisodes de la légende de l'Enlèvement d'Europe. XVIe siècle.

Diam., 17 cent.

14 — Fabrique d'Urbino. Coupe décorée en émaux de couleur : Vulcain forge des flèches pour les Amours conduits par Vénus.

Diam., 28 cent.

15 — Fabrique d'Urbino. Plat à décor polychrome, représentant Mercure endormant Argus, qui garde Io métamorphosée en vache. Dans le haut, un écu armorié; au revers, l'indication du sujet et l'inscription : *in boteg. de M° Guido duratino in Vrbino.*

Diam., 26 cent.

16 — Fabrique de Faenza. Plat à décor polychrome : au centre, une rosace contenant un cœur percé d'une flèche; au bord, une bande ornée à raies multicolores.

Diam., 23 cent.

17 — Fabrique de Milan (?). Deux plats ronds décorés de paysages, de réserves et de quadrillés dans le goût chinois, en bleu, rouge et or. Marqués de l'initiale F.

Diam., 31 cent.

18 — Fabrique de Castelli. Plat à décor polychrome, sujet champêtre et marli à rinceaux et armoirie, sur fond blanc.

Diam., 28 cent.

19 — Fabrique italienne, xvie siècle. Plat à bord ondulé, décoré en bleu sur émail blanc et offrant au centre une tête de femme de profil, coiffée d'une cornette.

Diam., 29 cent.

20 — Fabrique du Beauvaisis, xvie siècle. Coupe côtelée et à ombilic, offrant en bas-relief une figure de l'Abondance, émail bleu.

21-22 — Fabrique de Castelli. Quatre plaques rectangulaires à décor polychrome, représentant des sujets tirés de l'Ancien Testament, tels que Joseph se faisant reconnaître par ses frères, Esther et Assuérus.....

Haut., 33 cent.; larg., 39 cent.

23-24 — Fabrique de Castelli. Deux assiettes à décor polychrome rehaussé d'or; l'une, représentant l'Enlèvement de Proserpine; l'autre, la Charité. Les marlis sont décorés de figures d'enfants, de guirlandes et de cartouches.

Diam., 18 cent.

25 — Fabrique de Castelli. Assiette à décor polychrome, représentant un paysage ; marli à figures d'enfants, fleurs et cartouches.

26 — Faïence italienne. Plat décoré en jaune à reflets métalliques et en bleu, offrant au fond une figure de saint Sébastien et des imbrications sur le marli.

27 — Faïence orientale. Carreau en faïence à décor polychrome, de style persan ; oiseau et gerbes de fleurs dans un médaillon lobé, encadré de rouge.

28 — Grès de Flandres. Cruche à panse arrondie en grès brun, décorée de trois médaillons d'armoiries rehaussés d'émail bleu.

29 — Pot en grès allemand, relevé d'émaux de couleur et monté en étain.

30 — Deux lampes, balustre, ornées et émaillées vert dans le goût chinois.

31 — Deux coupes en grès émaillé.

*

OBJETS D'ART

32 — Bas-relief florentin de la Renaissance en stuc peint, gaufré et doré, représentant la Vierge et l'Enfant Jésus, placé dans un cadre doré de l'époque, à fronton cintré, décoré sur le tympan d'une peinture représentant Dieu le Père.

33 — Curieux devant de coffre du XVe siècle en stuc peint et doré, représentant des joutes à la lance et à l'épée, avec bordure faite d'un feston de feuilles de chêne.

34 — Belle rapière espagnole à garde en corbeille finement ciselée et repercée à jour, quillons droits et branche de garde en torsade, pommeau évidé, de forme surbaissée. XVIe siècle.

35 — Arquebuse à rouet du XVIIe siècle à monture décorée d'incrustations d'ivoire : délicates arabesques, mascarons et chiens.

36 — Ceinturon en cuir brun avec porte-épée, garni de boucle, charnières et agrafes en fer ciselé. XVIe siècle.

37 — Hallebarde à long dard flamboyant et aileron ajouré du XVIIe siècle.

38 — Heurtoir en fer du XVe siècle à battant ovale, décoré de bourgeons, traversé par deux branches et offrant à sa base une tête de guerrier casquée.

39 — Heurtoir de même époque à battant circulaire donnant naissance à des rinceaux courbes à feuillages, avec mascaron.

40 — Autre, ovale et formé de branchages.

41 — Sonnette en bronze ornée sur ses bords de torsades et de palmettes. Sur la panse, les douze apôtres groupés par trois et séparés par des écussons. Sur le culot, plusieurs rangs d'ornements, triglyphes, torsades et mascarons. Poignée composée de quatre enfants accompagnés de dauphins à la queue desquels s'attachent des cordons réunis sur un branchage.

Collection Davillier.

42 — Mortier en bronze de la Renaissance, offrant au pourtour de petits compartiments en relief : la Vierge et l'Enfant et la Salutation angélique, séparés par des arêtes saillantes.

43 — Lion couché, en bronze de la Renaissance.

44 — Lion qui marche, en bronze du XVIe siècle.

45 — Grand plat vénitien en cuivre gravé, entièrement recouvert d'entrelacs et d'ornements de style oriental. XVIe siècle.

46 — Encrier à base triangulaire, sur laquelle est agenouillé un satyre qui tient un flambeau, en bronze italien, à patine médaille, de l'époque de la Renaissance.

47 — Plat gothique en cuivre repoussé, à rosaces et inscriptions.

48 — Plateau ovale du XVIIe siècle en cuivre argenté, à sujet de chasse.

49 — Chandelier en cuivre.

50 — Flambeau Henri II, en forme de colonne cannelée.

51 — Flambeau Louis XII, tige à balustre, pied circulaire, et douille hexagone.

52 — Coupe oblongue et godronnée à deux anses en S, en cuivre gravé et doré, à décor d'arabesques et d'armoiries accompagnées de devises. XVIe siècle.

53 — Chandelier et bras de mur en fer.

54 — Aiguière indienne en cuivre gravé et argenté.

55 — Couteau oriental, lame damas, manche en morse.

56 — Trousse de chasse : couteau, fourchette et ciseaux ajourés. Époque Louis XIII.

57 — Trois pièces en fer, serrures, poignée à loquet.

58 — Dix pièces de bronze, miroir, sonnette, applique, fibules, médailles.

59 — Coffret porte-missel en fer du XVe siècle, à plaques décorées en treillis et fermoir gothique.

60 — Serrure gothique à festons de feuillages et entrée encadrée d'un arceau en ogive.

61 — Crucifix Renaissance, Christ et extrémités des branches en bronze doré, croix en ébène.

62 — Tisonnier oriental à poignée en cuivre et ivoire.

63 — Soufflet Louis XIII décoré d'appliques de cuivre.

64 — Cadran solaire en ivoire gravé, du XVIIe siècle.

65 — Coupe à pied en verre de Venise incolore, à rosace relevée d'ornements en verre bleu.

66 — Plaque rectangulaire en émail de Limoges, du XVIe siècle, représentant la Crucifixion. Cadre en velours à moulure de cuivre.

67 — Flacon-breloque en forme de bouteille vénitienne à panse aplatie en cristal églomisé, offrant d'un côté le sujet de Jésus au Mont des Oliviers, et de l'autre celui de la Montée au Calvaire. Monture en argent ciselé et doré.

68 — Plaque cintrée du haut, en émail de Limoges du XVIe siècle, à paysage en couleur et figure de femme en grisaille.

69 — Petite plaque ovale peinte en grisaille sur fond noir : Apollon et Marsyas.

70 — Petite plaque concave : Tête de guerrier.

71 — Cristal de roche. Quatre belles plaquettes trapézoïdales en cristal de roche gravé en intaille, à décor de cariatides ailées se terminant en rinceaux feuillagés. xvie siècle.

72 — Bois sculpté. Buste de Vierge, du xvie siècle, et deux pentes de feuillages à mascaron.

73 — Bois sculpté. Râpe à tabac à mascaron, tête de bouffon, feuillages et rinceaux. Époque Louis XIV.

74 — Bois sculpté. Statuette de la Vierge, vêtue de long. xve siècle.

75 — Bois sculpté. Figure d'ange décorant un corbeau. xve siècle.

76 — Pierre peinte et dorée. Statuette d'apôtre. xve siècle.

77 — Bois sculpté. Deux panneaux de meubles à serviettes repliées, de la fin du xve siècle, garnis de ferrure.

78 — Montant de meuble sculpté, raisin et colimaçon. xve siècle.

79 — Deux cadres Louis XIII, à laurier et feuillages.

Ouverture, 37 cent. sur 28 cent.

80 — Cadre Louis XIV, sculpté et doré.

Ouverture, 23 cent. sur 14 cent.

81 — Petit cadre Louis XVI en chêne, à oves et perles.

Ouverture, 24 cent. sur 8 cent.

82 — Cadre en buis sculpté à profil plat, décoré d'entrelacs et d'armoiries finement travaillés. Époque Louis XIII.

Ouverture, 25 cent. sur 17 cent.

83 — Cadre à dessin sculpté et doré du XVIIe siècle.

Ouverture, 41 cent. sur 20 cent.

84 — Marmite en fer octogone et à pourtour décoré de figures en relief. Ancien travail chinois.

85 — Miniature indienne avec rehauts d'or : Dame à sa toilette.

86 — Petit meuble de toilette et support de miroir en ancien laque de Chine, fond rouge à figures et ornements en relief dorés.

87 — Vase en forme de gourde, à décor de dragons, et décoré d'émaux de couleur; socle en bois dur.

88 — Bel album japonais composé de peintures sur soie : figures, poissons, animaux, fleurs et paysages.

89 — Kakémono japonais : Scènes de combat.

90 — Grand écran japonais laqué noir et or, avec frettes en cuivre gravé et doré.

91 — Grande mandoline napolitaine du XVIIIe siècle, à parties plaquées d'écaille et incrustées de nacre.

92 — Lyre Louis XVI, bordée de perles et à couronnement sculpté et doré ; la table est percée de trois roses.

93 — Grand tambour de basque à cercle peint, décoré de fleurs, d'un luthier anglais.

94 — Ancienne cornemuse avec poche en velours rouge frappé.

95 — Flûte en bois noir cerclé d'ivoire et à clefs d'argent, de Godefroy, à Paris.

96 — Deux clarinettes et un flageolet.

97 — Rouet en acajou garni d'ornements en os tournés.

BRONZES DE BARYE

98 — Bronze de Barye. Lion assis. Ancienne épreuve à patine médaille.

99 — Bronze de Barye. Thésée combattant le centaure Bienor. Épreuve ancienne à patine vert antique.

100 — Bronze de Barye. Lion écrasant un serpent. Épreuve ancienne à patine médaille.

101 — Bronze. Lion à la patte levée. Épreuve ancienne.

102 — Bronze. Lion assis. Épreuve ancienne.

103 — Bronze. Jaguar dévorant un caïman. Épreuve ancienne à patine claire.

104 — Bronze. Jaguar et caïman. Épreuve ancienne, poinçonnée, Barye 1837, terrasse ronde.

105 — Bronze. Buste de Bonaparte. Socle en marbre rouge.

MEUBLES

106 — Belle armoire à deux corps, en bois sculpté, d'une riche ornementation rappelant les meubles de l'École de Bourgogne. Le corps inférieur ouvre à deux vantaux, séparés par un hermès et décorés de portiques à mascaron, chimères et feuillages. Les vantaux du corps supérieur, dont tous les montants représentent des cariatides engainées, en haut-relief, montrent d'élégants motifs, composés de Termes, de mascarons et d'enroulements feuillagés. La corniche est surmontée d'un fronton contourné à enroulements, bourgeons et tête de satyre.

107 — Table vénitienne à pieds-tréteaux en bois noir et dessus en porphyre rouge bordé d'un filet de lapis.

108 — Petit cabinet vénitien de la Renaissance, à façade architecturale en bois noir décoré de nielles en dorure et enrichi de plaquettes de marbre et d'albâtre oriental.

109 — Deux chaises Henri II en noyer, garnies d'ancien velours grenat et cloutées de cuivre.

110 — Caquetoire du XVIe siècle.

111 — Miroir dans un large cadre de bois noir à moulures guillochées. Style Louis XIII.

112 — Deux petits miroirs de même style à cadres plaqués d'écaille, moulures de bois noir et écoinçons de métal argenté.

113 — Petit modèle de bureau dos d'âne, Louis XV, en noyer.

114 — Petite armoire-étagère Louis XV, décorée au vernis dans le goût chinois.

ÉTOFFES, GUIPURES

115 — Chasuble de soie crème à dessin bleu, avec croix et bandes en broderie Renaissance, à figures.

116 — Chemisette de femme en guipure italienne.

117 — Napperon en guipure.

118 — Garniture de lit Louis XIII, application de

galon blanc et de cordonnet rose sur satin jaune : couvre-lit et fronton de dossier.

119 — Trois morceaux de satin blanc à décor de bouquets et de festons de fleurs, brodés en chenille.

120 — Grande chape de soie jaune, à fleurs brochées argent et soies de couleur ; elle est bordée d'une dentelle métallique.

121 — Couvre-lit du XVIIe siècle, applications de soies et de cordonnets de couleur sur fond vieil or.

122 — Tapis carré de soie jaune, décoré d'applications de soie circonscrites par des chenilles de velours. XVIIe siècle.

123 — Trois lambrequins de même travail.

124 — Couvre-lit de satin blanc avec carrés de soies brochés en couleur et bandes roses tissées argent.

125 — Lambrequin Renaissance composé de compartiments en tapisserie au petit point.

126 — Tapis de soie de la Renaissance, à dessin rouge sur fond jaune tissé argent.

127 — Fort lot de cuir vénitien du XVIe siècle gaufré, à riche dessin or et brun.

128 — Trois bandes Renaissance de toile à dessin en réserve sur fond ajouré brodé de soie rouge ; elles sont réunies par des galons de velours.

129 — Petit tapis à damier, en toile et filet brodé.

130 à 134 — Cinq volants, bandes et entredeux de guipure Louis XIII.

135 — Bande de filet italien brodé.

136 — Napperon bordé de guipure.

137 — Napperon d'ancienne guipure à bordure dentelée en feston.

138 — Large volant de guipure du XVIIe siècle.

139 — Autre volant de même époque.

140 — Beau tapis carré de guipure du XVIIe siècle.

141-142 — Deux volants en guipure de même époque.

TAPISSERIES

143 — Grande tapisserie Renaissance représentant la Reine de Saba, avec large bordure.

Haut., 3 m. 40 cent.; larg., 4 m. 50 cent.

144 — Petite tapisserie Louis XIII, deux personnes se donnant la main, fond verdure.

Haut., 1 m. 95 cent.; larg., 1 m. 50 cent.

145 — Tapisserie de la Renaissance, verdure avec petits personnages au centre. Bordure faite d'une guirlande sur fond rouge.

Haut., 2 mètres ; larg., 3 m. 95 cent.

146 — Petite tapisserie Renaissance représentant des nymphes chassant le cerf. Bordure fond jaune à figures allégoriques, mascarons, draperies et grappes de fruits.

Haut., 1 m. 95 cent.; larg., 2 m. 40 cent.

920. 147 — Autre petite tapisserie Renaissance, de la même suite : Nymphes chassant le sanglier.

Haut., 1 m. 85 cent.; larg., 2 m. 60 cent.

TAPIS

148 — Grand tapis à dessin oriental fond bleu et bordure à arabesques fond rouge.

149 — Deux carpettes, milieu fond rouge et bordure fond gros bleu.

150 — Petit tapis à dessin bleu et blanc sur fond rouge.

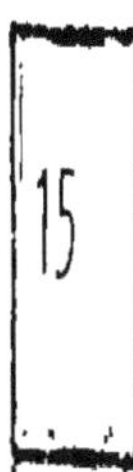

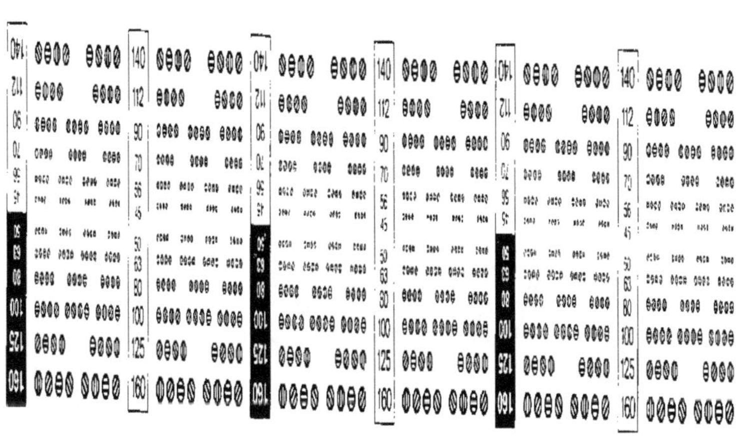

graphicom

379.89.70

MIRE ISO N° 1
NF Z 43-007
AFNOR
Cedex 7 - 92080 PARIS-LA-DÉFENSE

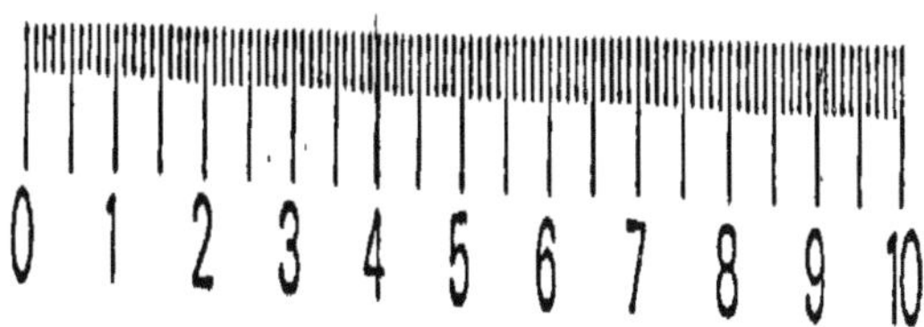

www.ingramcontent.com/pod-product-compliance
Ingram Content Group UK Ltd.
Pitfield, Milton Keynes, MK11 3LW, UK
UKHW020227180726
13838UKWH00005B/2238

9 782329 326443